Les p'tits POLICIERS

Le voleur de tendresse

Sarah Cohen-Scali

Illustrations de couverture
et d'intérieur :
Delphine Pires

MAGNARD JEUNESSE

Collection animée par Jack Chaboud

Dépôt légal : juin 2001 - N° d'éditeur : 2001/217
Photogravure : Atelier Fossard

Achevé d'imprimer par Giunti - Italie

1

« ÉCOUTEZ-MOI BIEN, lieutenant, ce n'est pas que cet enfant me gêne vraiment, mais tout de même ! Ça fait des semaines qu'il vient chaque soir dans mon jardin et grimpe sur mon marronnier. Il y reste pendant des heures, même sous une pluie battante. On ne peut pas le laisser continuer. Il va finir par attraper la mort sur cet arbre ! »

Le lieutenant se lève à contrecœur : c'est la quatrième fois que cet homme vient se plaindre. De quoi, au juste ?

Encore un de ces vieux célibataires grognons qui ne supportent pas qu'un enfant vienne jouer près de chez eux !

« C'est bon, dit-il en soupirant, on y va ! Je vous suis. »

Les deux hommes empruntent la rue qui fait face au commissariat et descend jusqu'à la Poste. Les modestes pavillons s'alignent sagement derrière des grilles verrouillées ; des panneaux affichant « Chien méchant » protègent leurs quelques mètres carrés de verdure.

La rue de la Source est plutôt calme. La police y intervient rarement : des disputes entre voisins, du tapage nocturne, les aboiements d'un chien abandonné sur un perron.

Ce soir, cependant, l'affaire semble plus délicate.

« Voilà, là, c'est chez moi, explique le plaignant. En face : la voisine. Comme elle ferme ses volets très tard, dès que la nuit tombe en automne, on voit tout ce qui se passe à l'intérieur de chez elle. Le petit bougre choisit toujours mon marronnier. Il s'installe sur la quatrième branche, tout là-haut… Tenez, je ne vous mens pas : il n'y a presque plus de feuilles à cet endroit… Huit heures moins le quart, il ne va pas tarder, il est réglé comme une pendule. Où se cache-t-on ?… S'il nous voit, il va se méfier et prendre la fuite. »

Du menton, le lieutenant indique une petite baraque en bois, à quelques pas du marronnier.

« Qu'est-ce que c'est ? Une remise ? »

L'homme acquiesce.

« Bien, on va attendre là. Avec la porte entrouverte, on pourra facilement le voir. »

La nuit est tombée. Il commence à pleuvoir, une bruine pénétrante et glacée. L'unique réverbère de la rue dessine quelques ombres menaçantes sur le trottoir humide.

Huit heures moins cinq. Le portail grince, des pas rapides et légers foulent le sol, un bruissement furtif se fait entendre.

Au même moment, dans le pavillon d'en face, la lumière s'allume. Aussi agile qu'un singe, une frêle silhouette grimpe sur le tronc du marronnier et s'installe sur la quatrième branche. L'éclairage de la fenêtre, jouant à travers les feuilles de l'arbre et l'écran de la pluie qui se met à tomber en une averse serrée, jette quelques reflets bleutés sur un visage en partie masqué.

« Bon Dieu, mais il est tout jeune, ce petit ! souffle le lieutenant, interloqué.

— Oui, c'est bien pour ça que je tenais à vous le signaler, réplique l'homme. Je ne comprends pas ce qu'il fabrique, là, tout seul, dans le noir. »

Le lieutenant tourne la tête vers la fenêtre d'en face.

Une longue et gracile silhouette évolue derrière la transparence d'un rideau.

Est-ce une salle d'eau ou une cuisine ? On distingue assez mal l'intérieur de la pièce. Des volutes de fumée montent vers le plafond : la jeune femme doit sans doute faire chauffer quelque chose sur le feu. Ou bien elle prépare un bain chaud… Deux ou trois rapides aller-retours jusqu'au fond de la pièce, puis elle retire sa veste.

Lorsqu'elle s'approche de la fenêtre, on devine un léger mouvement sur ses lèvres. Est-elle en train de parler à quelqu'un?... On ne voit personne à ses côtés. À moins qu'elle ne fredonne une chanson... Oui, c'est plutôt ça. Elle chantonne en faisant couler un bain. Elle déambule encore quelques minutes, s'assoit sur un fauteuil en souriant. Mais à qui s'adresse donc ce sourire ? Il est plein de tendresse, et pourtant, on ne voit toujours personne d'autre près d'elle.

« Qu'attendez-vous ? demande l'homme, impatient.

— Qu'est-ce que j'attends, qu'est-ce que j'attends ! répète le lieutenant, agacé. Je ne sais pas, moi ! Pour l'instant, il ne fait rien de mal, ce gosse ! Tous les enfants s'amusent à grimper aux arbres !

— Le soir, dans l'obscurité ? insiste l'homme, têtu. Et mon marronnier, alors ? À ce train-là, la branche va finir par casser ! »

En face, la jeune femme sourit toujours et son visage est de plus en plus doux. Elle est assise et balance son buste de droite à gauche, comme si elle esquissait un mouvement de danse en écoutant de la musique.

Puis, lentement, alors que son sourire s'élargit jusqu'à illuminer son visage, elle déboutonne son chemisier…

« Bon, ça suffit ! » déclare le lieutenant en sortant promptement de la remise.

Il se plante au pied de l'arbre et ordonne d'une voix ferme :

« Descends de là, petit ! »

La branche tressaille, les feuilles se froissent, le visage de l'enfant se dissimule davantage. On entend le bruit de sa respiration, haletante. Cependant, ses yeux, qui n'ont pas quitté la fenêtre, brillent étrangement dans l'obscurité. On dirait les pupilles d'un chat, deux phares miniatures…

« Je compte jusqu'à cinq, petit. Ne m'oblige pas à aller te chercher ! »

2

PENSIF ET CONTRARIÉ à la fois, le lieutenant déambule dans son bureau. Retenir un enfant au commissariat, il n'aime pas ça. Non, vraiment pas ! Il préférerait le ramener chez lui le plus vite possible. Mais pour cela, il lui faudrait son nom et son adresse, or, l'enfant reste muet.

« Voyons, petit, ça fait une heure que nous sommes là, tous les deux, dit le lieutenant d'une voix douce. Pourquoi tu ne veux pas me répondre ? Je ne te ferai aucun mal. Donne-moi simplement ton adresse, comme ça je pourrai prévenir tes parents, et ils viendront te chercher… T'as tout de même pas envie de passer la nuit ici, au poste ? T'es bien trop jeune pour ça… Quel âge tu peux avoir ?… Huit, dix ans ?… Ton prénom, c'est quoi ?… T'es muet ? Tu ne sais pas parler ? T'as avalé ta langue ?… Ou alors, tu ne comprends pas le français ?… C'est ça, petit ?… Ou bien, tu le comprends, mais tu ne le parles pas ?… Dans ce cas, on peut se parler par signes, tu sais : "oui", tu baisses la tête de haut en bas, "non", tu agites la tête de droite à gauche. »

L'enfant reste silencieux et pose sur le policier deux grands yeux noirs. Mélancoliques.

« *J'ai huit ans. Je comprends le français, qu'est-ce que tu crois ? La preuve, je m'appelle François, alors… Seulement, j'ai pas envie de te parler. Je parle jamais à personne, sauf dans ma tête. Pourquoi tu m'as amené ici ? Qu'est-ce que c'est, ici ? Ça ressemble pas à une maison… Pourquoi tu m'as obligé à descendre de mon arbre ? Y a que là-haut que je me sens bien. Je fais de mal à personne, là-haut…* »

« Qu'est-ce que tu fabriquais, perché sur cet arbre ? demande le lieutenant d'un ton égal. On n'épie pas les gens chez eux, comme ça ! Et puis, c'est dangereux, tu risquais de tomber, tu aurais pu te faire très mal ! »

Les grands yeux noirs s'ouvrent davantage. On dirait deux billes, deux belles agates, parfaitement lisses. Mais son visage se ferme et ses lèvres dessinent une moue boudeuse.

« Je monte sur l'arbre tous les soirs avant d'aller me coucher. Elle le sait, la dame, que je suis là. Je le fais avec sa permission. Y a qu'après l'avoir vue que j'arrive à m'endormir. Parce que, une fois la tête sur mon oreiller, je me repasse le film. C'est bien plus beau que tout ce qu'on peut voir à la télé. Ses gestes, à la dame, je les connais par cœur… Et après, je m'endors. Même que je rêve. »

« De toute façon, petit, je finirai par retrouver tes parents, reprend le lieutenant. Très vite. Et dans pas longtemps, ils seront là… »

Une lueur s'allume dans les grands yeux noirs. Très brève, furtive, on la perçoit à peine, elle fait comme un petit éclair qui brille une seconde, puis s'éteint aussitôt.

« Tu trouveras que mon père. Ma mère, elle habite plus avec nous, depuis quatre ans. Remarque, elle est pas très loin, je crois. N'empêche que tu la trouveras pas. Chez elle, c'est assez joli, c'est comme un grand jardin, mais on peut y aller qu'à des heures fixes. En tout cas, jamais le soir tard. Alors que la dame, elle est toujours là quand la nuit tombe. Ça me rassure. Et elle le sait. Alors je fais rien de mal… Mon père, lui, il travaille toute la nuit. Dans le métro. »

« T'as pourtant pas une mauvaise tête, petit ! s'exclame le lieutenant. Non, t'as vraiment pas la tête d'un méchant garçon. Et puis, t'es aussi propre qu'un sou neuf. Bien coiffé, bien habillé. Alors, je ne comprends vraiment pas ce que tu faisais, là-haut, dans cet arbre. »

Un sourire se dessine sur les lèvres de l'enfant. Mais, de la même manière que la petite lueur dans ses yeux tout à l'heure, il ne fait que passer.

« Je me fais toujours beau quand je vais voir la dame du pavillon, qu'est-ce que tu crois ? Je veux pas qu'elle me prenne pour un voyou… J'ai faim. J'ai soif. »

« Si tu mangeais un bout, petit ? demande le lieutenant. Peut-être que ça te délierait un peu la langue ?… Regarde, un hamburger, tu dois aimer ça, non ? Du Coca, ça te tente ? Et des frites ? Qu'est-ce que tu dirais d'un cornet de frites ? »

Les grands yeux se baissent, les lèvres boudent. Un pli horizontal barre le front soucieux.

« Non, j'aime pas ça. Mon repas m'attend à la maison. Papa me le prépare toujours avant de partir travailler. J'aime pas le Coca, ça me fait des gargouillis dans le ventre. J'aime que le lait. J'aime pas la viande non plus, je préfère la purée. Et les frites, je connais pas. »

Un autre policier fait irruption dans la pièce.

« Lieutenant, dit-il, on n'a rien pour l'instant. Personne, dans le quartier, n'a signalé la disparition d'un enfant... Mais d'après les clefs qu'on a retrouvées dans les poches du gamin, je pense qu'il habite la cité des Bruyères.

— Alors, lancez des recherches sur les habitants de la cité qui travaillent la nuit, riposte le lieutenant.

— C'est ça, hein, petit, demande-t-il ensuite, tes parents travaillent la nuit et toi, tu te retrouves tout seul? Alors, tu te balades... Et tu vas traîner sous les fenêtres allumées... Il est onze heures, tu dois tomber de sommeil. Tu veux piquer un petit somme? T'inquiète pas, je vais pas te mettre en prison. Tu peux t'installer là, sur le canapé. C'est pas aussi confortable qu'un lit, mais il m'arrive de m'y assoupir, de temps en temps... »

Les grands yeux brillent et se voilent de larmes. Les longs cils qui ombrent les larges paupières papillonnent.

« Onze heures ? C'est l'heure à laquelle la dame apparaît pour la deuxième fois. À cause de toi, je la verrai pas, cette nuit. À cause de toi, je vais mal dormir. Je vais faire des cauchemars… Je suis fatigué. J'ai sommeil. »

Les grands yeux se ferment. L'enfant laisse sa tête rouler sur le côté.

3

À FORCE DE REGARDER l'enfant dormir, le lieutenant s'est assoupi, lui aussi, assis à son bureau, la tête posée sur des papiers éparpillés.

La sonnerie du téléphone le fait sursauter. Il saisit vivement le combiné, tout en jetant un œil sur la pendule : une heure du matin. La sonnerie n'a pas réveillé le petit, toujours pelotonné sur le canapé, les yeux fermés, les sourcils froncés, le visage chiffonné.

« Allô ?

— Lieutenant, j'ai un appel en attente. Une femme qui habite au 2, rue de la Source. Elle a l'air très énervée.

— Passez-la moi ! »

À l'autre bout du fil, une voix de femme retentit, tendue, agacée.

« Allô ?... À qui est-ce que je parle, maintenant ?

— Lieutenant Barrère, je vous écoute.

— Allez-vous libérer ce petit ?

— Mais je ne comprends pas... Je... Vous le connaissez ? Qui êtes-vous ? Sa mère ?

— Non. Pas du tout. J'habite le pavillon en face du marronnier où le petit a l'habitude de s'installer. Je vous ai vu l'emmener en début de soirée. Le temps que je descende pour intervenir, vous étiez déjà parti. L'enfant s'appelle François Vaillant. Son père travaille à la RATP, de nuit. C'est un collègue de mon mari. La mère du petit est morte il y a quatre ans. À la suite de ce choc, il a perdu la parole, il est muet. Il est suivi par un médecin, mais son père refuse de le placer dans une institution spécialisée.

— Mais… il… Il était dans cet arbre, là-haut, bégaie le lieutenant. Il vous regardait. Vous étiez en train de vous…

— Je sais. Son père est au courant. Je n'ai pas le temps de vous expliquer tout ça par téléphone. Le petit ne fait rien de mal ! Alors s'il vous plaît, ramenez-le ! Mon mari travaille également de nuit, je suis seule avec… »

La conversation est soudain brouillée par des interférences sur la ligne. Un cri strident résonne dans le récepteur, puis un déclic.

La communication a été coupée.

« Allô ! Allô ! s'écrie le lieutenant. Mince alors ! marmonne-t-il après avoir raccroché. Qu'est-ce que c'est que cette histoire ? Qui a hurlé comme ça à l'autre bout du fil ? »

Il demeure un instant ahuri.

Le combiné encore à la main, il observe l'enfant qui dort d'un sommeil agité, poussant des gémissements, se recroquevillant, se retournant sans cesse.

Il finit par s'arracher de son siège et sort en quatrième vitesse.

Il descend la rue à vive allure.

Elle est plus silencieuse qu'en début de soirée, un brin plus sinistre, aussi.

Si la pluie a cessé, le froid s'est accentué. Le portail du n° 7, en face du n° 2, est resté ouvert.

Le lieutenant le pousse sans faire de bruit et grimpe sur l'arbre. La quatrième branche du marronnier ploie sous son poids, craque et menace de céder. Elle semble ainsi se plaindre, signifier qu'elle regrette l'enfant : celui-ci est nettement plus léger que le lieutenant.

4

DERRIÈRE LA LUCARNE ÉCLAIRÉE, le profil de la jeune femme apparaît encore. Assise, comme en début de soirée. Avec, comme tout à l'heure, ce vague mouvement des lèvres, ce sourire qui ne s'adresse à personne… Son chemisier est largement entrouvert.

Et, tandis que le lieutenant écarte les deux ou trois feuilles qui lui masquent la vue en partie, il aperçoit une toute petite tête joufflue et dodue, ainsi qu'une bouche minuscule qui glousse de plaisir en tétant son repas du soir.

La jeune femme est en train d'allaiter un nourrisson.

Le lieutenant se rappelle aussitôt le visage de l'enfant, tout à l'heure : les yeux semblables à des phares miniatures, brillants dans l'obscurité. Brillants, à cause des larmes. À cause de l'amour. À cause de l'envie. À cause de l'émotion provoquée par cette vision si douce…

C'est vrai, il ne faisait rien de mal, le petit François, sur son arbre ! Il volait simplement un peu de tendresse.